感傷生活

佐伯裕子歌集

砂子屋書房

＊目次

1章（2011〜2014）

2章　（2015〜2017）

あとがき　171

装本・倉本　修

歌集

感傷生活

1章

（2011〜2014）

灯を落とす

華やかな駅にきらめく光量を思い出として端までゆきぬ

むらさきの空暮れてゆき灯を落とす首都東京はなおも首都なり

不夜ノ都府タルヲ見ルベシ瓦斯燈のはじめて点りし夜よりいくばく

防災のグッズ携えさまよえる高層ビルの谷間のふかさ

他人《ひと》のなかに流れる悲哀に入り込みあたかも泣かんとしたるはわれか

まっすぐに来るものの名を神のごと触れまわりおり地震学者は

月の夜に地震は来ると触れまわる少年の脅えかりそめならず

地球儀を象る夕の外燈を拭いつづける若き店員

鈴なりに雀の寄るは一樹のみ街に狂気の膨らむごとく

ともに戦後を長く生ききて愛らしく小さくなりぬ東京タワー

高速道路の下の湿りを運びくる風にいつもの花か匂えり

鴉のつばさ

あきらかに悲しむ心に驚きぬ日本晴れという語を見たるとき

椅子の脚の影いく本がゆらめくから私は泣いているのかも知れぬ

硬貨散る音して浅夜その音に息吹きかえすゴキブリあらん

争いて悔やみて過ごす繰り返し顔おおう手が麦の穂のよう

「髪の毛は土になかなか溶けないわ」母の言葉の耳に残りし

何処の言葉が刺さりたるのか他愛なき会話のうちに沈みゆくらし

袈裟懸けに来る痛みあり神経は人体の図のとおりに走る

除染せねば除霊をせねば、くまぐまの月の光に急き立てられる

放射能に負けぬ遺伝子を持つものに変わりても生きよ幼きものら

鯉はいま飛び上がりしか月光をこなごなにして水面うごきぬ

幼日の鴉のつばさ従えて帰りてゆけり母のいる家

虹はきれいに丸くかかりぬ都市住みの人らがうすく放たれてゆく

春の嵐

いつのまに蔓薔薇のつる縺れつつ子の若き日は過ぎゆくらしも

ふっと消えてしまいたくなり吹きすさぶ春の颪に顔を打たせつ

空恐ろしきことにはあれど今日われは生み立て卵を呑まんとしおり

いっせいに団塊世代が年金を受ける朱印の花びら舞いぬ

「きゃあと言いろくろっ首になる」ほどの恥ずかしさ急にわれを襲い来

膝掛けのタータンチェックが揺れている日向に椅子の並ぶデイケア

どこまでも端と端とのつながらぬ会話終われば拭く食べこぼし

川風に饒舌になる猫じゃらし今日の没り陽をまるく弾ます

回すとき鍵というもの不安めき開けば黒々と海もりあがる

昨日の森

梅の林を抜け来し髪も香るらん灯り点さぬ家に入るとき

そこのみが漆黒となる梅林の奥に金色の眼がただよえり

真っ青に水槽タンクの塗られいて各戸に落とす水のきらめき

なにげなく空っぽの胸を過ぎゆけり２０１２年弥生の夕陽

いちどきに梅と桜と桃の花　かかる乱れは身に感染す

雪やなぎの無数の枝が感情の弱いところに触れてくるなり

太極拳に通える友と擦れちがう春なれば白き花咲く道に

昨日の森おとといの森振り向くたび緑ふくらむ植物の群

花見鯛　老いたる母とわたくしの歳の差いよいよ縮まるばかり

ジョーカー

夏の欅が大きく落とす影のなか風は東に流れてゆけり

どこもみなびしょ濡れの空の椎の葉や欅の葉群にわかに厚し

山清水の水の売られるコーナーに森閑としてみずは立ちたり

家々に扇風機まわり夏空へふくらんでゆく風となりたり

かかる薄さの畳みかねつつブラウスの寄りどもなしに一つ年とる

いんげんの筋とりながら母もその母もこうして塞ぎこみしか

口中に広がる笑い祖父に似るジョーカーいくどもわれは引き当つ

身めぐりの言葉病ましめ母ひとり山椒の若芽のごとき眼をもつ

百合の香を閉じこめている小壜にて窓辺に立てり十年の間を

かつては沼なりしと伝う梅林に緋鯉のおよぐ夜もあるらん

きんいろの花火の今も散りつづく静かなる沼をわれは持ちおり

「ふっ」

何祀る祭りにあらん輪に入りて気の狂れるほど騒いでみたし

手に提げる金魚まあるく泳ぎつつひとりひとりのビニール袋

二万発の花火が雪のように降る東京に独り病む友のおり

歳月はふっと消え去りゆきしかば「ふっ」という息の妙なる香り

子と二人寝とおした日の夕ぐれのひとりの視野に垂れる電線

眠るのは逃避と言われし若き日よ咎めし母も老いて眠りぬ

過ぎ来しを物語らんとする椅子に人はこんなに生き生きとする

流れ弾は寝ころぶ二階の部屋内にとうとつに来るテレビから来る

ジャーナリストの戦場の死を見て立ちぬ薄型テレビのほこり気にして

人が人を大衆的と呼ぶときの唇がいやでならなかったな

電線の絡まりながら垂れている細き空には雲浮かびおり

自転車に乗る少女らが広がりぬ道いっぱいに押し寄せながら

夏帽子押さえるしぐさ罪深き若さというを遠く見ており

零れる

少女の頃ニホンカワウソはまだそこに居たのか小暗き川辺の奥に

もの悲しき眼なりきニホンカワウソの消え去る前にこちらを見しは

似るものの一つとてなき視野に棲み寒かっただろう最後の一匹

減りてふと殖えてまた減る固まりの鴉に駆除の周期あるらし

お茶漬けをぶぶぶとかきこむ口中の響きにわれはおどろきにけり

膝ついて母の靴ひも結ぶときもう歩かない靴に鈴あり

プラスチックの器のように砕けない娘とおりて母は退屈

誰とても親の裸は見たくなく襖のようにそろりとひらく

携帯電話を持たぬ理由など何もなくただ烏羽玉の世より零れぬ

公衆電話探しあぐねる駅までの歩みに知りぬ零れるということ

もののはずみに散りてしまえり彼岸花ただ一列に咲いておりしが

いつかの時間

言葉より仕種に人は惹かれると恋の真理のいまさらながら

若ければ離れられずに忍び泣くを電車の隅の二人に見たり

ひとの恋それとはなしに見ているに列車ごといきなり地上に出でぬ

夕雲の滲める窓にもたれるに昔のきれいな涙が出ない

やり直せる気のしてここに幾たびも戻りし街が灯溜《ひだ》まりのよう

栄養的ドリンク剤を流しこみ別れを一つ受け止めている

いつまでも母が居るからいつまでもわたしは娘そういうことね

曇り日を遠くラジオが告げている鳥のいた部屋のいつかの時間

擦れちがうときに生命は匂いたりカラスの身体ふとふくらみて

桜は、そう散りかけがいいと囁かるわたしのような声の誰かに

暴風の芯

びっしりと芽吹く夜空のむず痒さわたくしにまだ母がいるから

建物まるごと洗われている傍らに太き桜の幹が濡れおり

母も丸ごと洗われている沐浴の青きタイルの月曜の空

皮膚に薄く包まれるゆえ出づるときたぶん心は匂うのだろう

知らぬまに吸い込みているくさぐさの種子が芽を出す私語のごとくに

すんすんと生える穂草のかゆそうな母の庭なり蝶も来ている

「好きになる」その淵源の手力を失いにつつ日のうつりゆく

『罪と罰』読む体力が欲しくなり春は走ってみたりしている

暴風の芯に一瞬またたけばドストエフスキー消えてしまいぬ

無数の文字みだれ飛ぶらし夕ぐれの書店の前の路のおもてに

わたくしに流れる時間のどのあたり額に星もつ猫と会いしは

返り血を浴びよと言われ浴びているまず結末はこんなものにて

むせかえる青葉の樹下を行くならば一気に過ぎよ老いてしまうから

義母の葬り

義母はまだいるのだろうか亡骸の白髪が少しはみだしている

山間のコンクリートの焼場なれば長くかかりて焼き給うなり

こうして順にいなくなる日の焼場には胴震いする自販機立ちぬ

升に塩、桶に清水《せいすい》そのうえを紋白蝶のもつれ飛びゆく

揺らしくる風鈴売りの風鈴をたましいと知りぬ過ぎたる後に

風鈴の赤い金魚のちろちろとちろちろちろと胸を掠めるばかり

街を行くときの日傘は白がいい思い出などをぱっと弾いて

かたまって咲く少年と少女たち風吹けば風にかすかに揺れる

炎天の電話ボックス　飴のように古い言葉が溶けているらし

母の葬り

長方形の風を受けけんと北の窓南の窓を開け放ちたり

母の戸を開け広げると海が見えるここの街区に無い海なのに

静けさの母までつづく光ありただ真っ白な廊下なりけり

ストレッチャー夏の終わりの手が二本見慣れた足が二本すぎゆく

思い出はまるくて薄くてすぐ萎むタコの貌した赤い風船

親族の黒いかたまり看護師の白いかたまり死は明るくて

ぬくもりのなおも手にありありありありと晩夏の風の湿りをおびる

縁側に隠元豆のすじを取る女手という手は消え去りぬ

ぎゃあと叫びこの世のすべてを消せる声、悪鬼のような声の欲しかり

雪のごと灰ふりかかり葬り処の赤い鳥居も見えなくなりぬ

みかんの成る木

母が恋い焦がれて食べずに逝きたりし大福餅は手のひらのうえ

恐怖ゆえ粛清かさねる統治者の頬かと見たり大福餅を

昼なのに起きない息子を呼びたてる寝ていても悲しいだけなのだから

「このままじゃ死ねない」と若き日は思いその「このまま」が今は分からぬ

誰もだれも脆き内臓をもち歩く、と思えばやさしき街の景なり

しだいに穴は大きく深く淋しげに工事現場に掘られてゆけり

何を入れる穴にあらんと覗くとき星のごときが散りてひびかう

よき酒はデパスにまさり碧空のように体の奥にしみこむ

窓外にみかんの成る木が伸びていて時に大きな影を連れくる

真陽をのせ若葉の揺れるこまやかな光の波に包まれていよ

桜の下

吹き抜けのガラスのかなた青空が桜貝のごとかがよいており

舗装路に固まりている雪にふる早春の陽は雪より白し

いもうとと桜の下を歩きけり樹の温もりに胸を浸して

丘の上に風車五基ほど回る地の発電というは生まぐさき風

すれ違うたびに思わず振りかえる銀の車椅子　知らぬ顔ばかり

日当たりに乱反射する遺品たち母は何かになったのだろう

烈風に竹垣たおれ丸見えになったあの日の家のようです

朝を包む細かき蒸気もよもよと針葉樹林の奥から来たり

大胆に老いよとひらく桜ありもうぼろぼろの黒き幹より

微笑

いくたびか思い出される死に際の母の微笑の意味が解けない

粘りこくまつわりてくる文章の宇野千代宮尾登美子の微笑

母さんは春の日みたいと今ならば言えそうなのに何処にもいない

猫二匹うさぎ一羽の籠もりいる家に湿りをおびて坐りぬ

こまごまと女雛の膳も飾られて笑いはじめのみどり児がいる

大粒の蛤を焼く雛の宵こぼれる海を吸いこみにけり

小官吏カフカのつましき微笑みがひと日の終わりの慰めになる

同行二人

いくたびも言葉に生き返らせている亡母とふたり北陸を行く

極楽も地獄もあると伝えたる立山連峰　壁として立つ

いかようにきれいに蘇らせるとも死にたる母は置きどころなし

風の上を風わたりゆく連峰にただやわらかな声を放ちぬ

飛来するトンネルの穴つぎつぎに生きているまま吸いこまれたり

トンネルとトンネルの間に湧きあがる一瞬の海　この世の白さ

日本海の海を見下ろす観覧車いよいよ古くうごくともなし

息を吸うたびに刺さりてくる線の眼前の海にとぶ春の雪

わたくしと亡き母の差もあやふやになりてゆくなり夕ぐれなれば

贖いし蜜柑を置きぬつやつやと飛び去る北の海をへだてて

浅く吸ってかるく吐きだすように咲く北陸の街は花のたなびき

昇りつめる息の薄さを思いたり飛び立つばかりの鳥の羽音に

反射世界

ほのぼのと光りてみたきわたくしの身の輪郭に添う夕微光

太陽光発電板の反射する荒野を思うヒトなきあとの

すでに老いは太陽の芯に棲みいるがその前に来るわたしどもの老い

笑うでも泣くのでもない感情はひょいと仏壇の埃ぬぐえり

隅に居るひんやりとした固まりは亡母ですからどうぞそのまま

身に潜むいくつのさよなら薄っぺらに一人ひとりに口ずさんでみる

義母のよそうご飯かと思い振り向けば紫陽花白く低く咲きおり

ひとたびも直に見しことなき顔を自分と信じ互みに居たり

幼子は「大人になった」と触れまわり爪にクレヨンの青いマニュキア

ああ大人、大人はまったくしゃぼん玉わずかな風に吹かれて消える

海底より競り上がりくる島を見てだれの苦しき愛かと思う

地底より競り上がりくる超高層タワーの光はむしろ安らぎ

口笛を吹こうと唇丸めしがあの鳴らし方忘れていたり

唇の忘れしものは声のみにあらずよ敏き風の感触

街　川

23区史めくりていたる図書館のここまで匂う街川のみず

開発をくりかえすリバーサイドとてその真ん中でくしゃみするわれ

夕雲をくしゃくしゃにして去りゆけり真夏の海につづく川面は

落ちてゆく気分を電車に乗せながら川面のうえをわたりてゆけり

「上等じゃねえか」と喚く「上等」の意味考える車中のけんか

暴力的言語のはらむ劣等の意識が今日のわれに親しも

もつれ込みホームに雪崩れる男らを置き去りにする夜半の電車よ

他人《ひと》のいのち他人の戦争ひったりと何個もの眼がガラスに映る

心の仕組み

父とその息子の会話も蒸し上がり空は上等に晴れわたりたり

職もたぬ子に老い深き親の話ニュースなどでも見たことがある

ある夜は声優アイコの犯罪にこころ寄せたり匂いなき性に

母は心を病みてはいたがだがしかし棚の錠剤の色のたのしさ

硝子玉をサファイアと信じこめる日の心の仕組み美しかりき

単純な分析を母にあてはめて得心しおりわたしの若さ

心という感染地区に滑らせる娘の指はぶしつけな指

世界中の子供が可哀相でならぬ日に白き芙蓉の花まぶしかり

童女ふたり雪の女王になりきりて廻りの花を凍らせてゆく

在りし日の母がしだいに愛らしく思える心の仕組みの不思議

流行の「逆に」を使えば楽になる否むでもなく決めるでもなく

花びらのひらく仕組みも本当のところは見えず晴れわたる空

釣鐘ニンジンの花をはじめて見る夏はうすむらさきに暮れてゆきたり

数知れぬオシロイバナのそよぐとき気味悪いほど見えわたる眼よ

2章

（2015〜2017）

風の感触

大風にいきなり揺れる公孫樹《いちょう》の黄この世の夢はこの世にて見よ

耳もとに触れる囁き誰だろう無数の蜂の羽ばたきのよう

もう居ない母らの声は静かなる日差しのように床に降りつむ

せつせつと取り戻したき母ふたり春浅き風に吹かれておれば

命は消えぬなどと説きたる宗教書あの人もこの人もどこにもいない

倒れゆく紅葉の太木もうもうと古き埃を舞いあげにけり

もういらぬ鍵を手のひらに包みこみその重たさを確かめている

仇を取ってあげると母に告げたるは少女のわれの甲高き声

報復の報復のまた報復に人の初めの感情を見る

お醤油の染みるご飯のつぶつぶが本当は一番好きと言いたり

人絶えし部屋から飛び立つ白鳩やカーネーションや万国の旗

そよ風の感触のこす母の文字「もうしません」と大書してあり

廃棄業者さがしておれば一生もぽいと放れる気のして来たり

流し雛の映像の川が眼にながれ失せてゆくとは何ともきれい

大帝の息

年越蕎麦をすすりうっすら欠伸するいつもどおりの空の夜明けに

樹をめぐる青色発光またたけば世にもさみしい雪を降らせる

花粉防御マスクの上の眼が笑うおめでとう新しき春の訪れ

十七万の幹をゆさぶり内苑を吹きわたるらし大帝の息

「肉叉」はフォークの邦訳こわごわと肉を刺したる明治の人よ

ホスピスの薄きステーキ切りていし義父の最後の力なつかし

純和風料理長さん　焦げつよく肉と分からぬまでに焼きたれ

クレソンを一束添える皿のうえ水辺に草の萌えたつような

西欧は大き胃ぶくろ獣肉をくたくたにせし力と思う

すれ違う人に二度とは会えぬ街、東京に生きて人とはぐれぬ

みずうみの眼

空を抜く高層ビルも時を得て芽吹く朝などあらん　ふるさと

制服の丈のわずかな差にかけて装いおらん朝の少女たち

とびとびに廃ビル潜む再開発、渋谷の谷間に光あまねし

声あげて谷全体が呼ぶごとし切りきざまれて渋谷拓かる

むずむずと体の中に湧くものを街がしきりに吐きだしている

新しき渋谷の形に慣れるまで青いレンズの眼鏡が大事

みずうみの色の眼鏡にわれは見る今日の息子の今日のひとりを

笑うたび大きく膨らむ幼子のポピーよポピーわれも膨らみぬ

この星の面会時間

夕ぐれの明るさの芯にしろじろと老いし桜が立ちておりたり

春の耳を濡らしてゆけりノクターン面会時間の終わりを告げて

この星の面会時間に祖母に会い父に会い母に会いて別れし

黒き枝日の当たりたる白き枝むかしの鳥もみな帰り来よ

桜木の老いゆく速さ湿りもつ幹に思わぬ洞の空きいる

どの人の仰向く顔も花に映えこの世ならざる輝きに充つ

湧くように鼻水垂らす虎猫を見ておれば遠くマイケルと呼ばる

風船のように膨らむ虎猫の怒りも春のそよ風のなか

樹木葬をつよく望みし友なれば友はリアルな一樹となりぬ

どうしようわたしはどの樹になろうかと寄りゆくヒバの大樹の根もと

東京の言葉の語尾の軽さもて君に本当を見せずに来にけり

はつ夏の萌えたつ木々を墓標とし騒がしきかも上をゆく雲

アボカドバーガーほおばりながらすすり泣く友らと野辺の萌えるみどりに

大陸より吹きくる砂もまぎれこむ烏羽玉の黒きわれのバッグは

愛のことば

樹のおおう空き家の窓にふと透けて椅子というものの切なき形

錆の粉《こ》はいたたまれなく零れくる母の扉を開くまぎわに

揺りあげる青葉の奥に差すひかり光はまわりの木々を陰らす

ふとぶとと真鯉の腹を満たし来し風に吹かれていたるよ五月

積み石にしんかんと陽の当たりいるここを芯とし空かたむきぬ

右眉は悲しく左は楽し気に描きて夕の街へ出でたり

大型家具量販店の進出に欅伐られてなお在るごとし

伐られると決まりてからは幾百の愛のことばを浴びておりしが

人々の顔の識別つかぬ眼となりて初めて人のなつかし

夏の終わる日／傍らの木

影のない薄きビルなり立ちたるは立ちたるままに月を映して

ジュラルミンの光沢をもつ滝となり月光がビルを滑りていたり

白日のもとに打たるる杭として心もとなく立ちているなり

夕ぐれの天花粉より濃く匂うおしろい花の低き花群

町の小さな自然樹林に生かされるカブトムシたちを夜ごとに感ず

町を縫い歩めるわれと傍らの樹林を歩むカブトムシたち

戦後七〇年何の区切りか分からずに遠近両用眼鏡を買いぬ

わけもなく急に泣きたくなる眼鏡曇りをおびる玉はわれの眼

ぼんやりと滲む視野には粉雪も桜もふれり眼つむればなお

郵便配達研修のために出てゆきし子の部屋にうすき綿ぼこり降る

配達のズボンの紺の結界に玩具のようなアイロンを当つ

埃まみれのアイロンですから雲となる蒸気はぼおっと湧くにまかせる

学生と紛う息子の傍らにほたりほたりと百日紅ちる

木のベンチに人が寝ているそれのみに安心をする心というは

声のせぬ樹林はふいに恐ろしく今日のこの日が夏の終わる日

虫のさざなみ

風が吹き額にさーっといくつかの短い傷のつきし夏あり

眼をそらす一瞬に咲いてしまいたり月夜のようなぴらぴらの花

とうとう子は中年になり今は留守　郵便配達研修の夕べ

届きたる茶封筒すら輝かし子も配達をすると思えば

坂の頂き一面にふる陽光の白いところで坂は切れたり

積乱雲の空より垂れてくる日差しすべてのものの老いを速くす

鈍くなる五感を言えばあるだろうまだ心がと諭されながら

戦争に溺れるこころ平和なる日々に溺れるこころと寒し

子の籠もりつづけし窓の埃うく空をふたたびみたび見上げる

まっくらな自然樹林をこすりあげる無数の蝉の羽を思えり

何だろうこの光源は度のつよき父の眼鏡のふたひらの玉

再開発の町の木立に黒光る虫が居るらしさざなみなせり

母系のイルカ

今日が夏の終わる日となる海の面にわたしの声をしずかに乗せる

母につぎイルカの姉妹がジャンプする月夜の晩の母系のぬめり

白き皮膚まとう母系のイルカたち窪みのような眼《まなこ》もちおり

雨乞い岳御在所岳と指折りてめぐりに七つの山を呼びだす

子を真似て寝ころんでみる胸のうえ北へ過ぎゆく風のありたり

寝ころべば見えわたる空きらきらと今日この窓は天の中心

高層のガラスを拭きて昇りゆくワゴンの人は頂きに立つ

めぐりには淡き星々浮遊させ高層タワーの夜明けは静か

生きているものらは匂う

布団から髭薄き顔のぞかせる子は生きがたき七万人のひとり

一寸の虫にもある、という五分のその魂が生きがたくする

郵便配達研修に行く子のためにポプラ並木よ心していよ

制服の紺に包まれ遠ざかる五分のたましい負のえねるぎい

風に揺れる欅も雲もスマートフォンに写るを見ればみな若々し

チョップドビーフカツバーガーを頼む子のわずかに詰まる声を聞きをり

生きているものらは匂う　術のなく道に引っくり返る亀の子

拳ほどの亀伴える老人の宵の散歩は酔いたるごとし

薬草に茶色く染まりし母のゆび生きたき思いの今ならば分かる

冷凍のみかんとバナナの傍らに楕円のこころを供え置くなり

小さき菫の花を刺したる膝掛けの膝なきのちは布のひらひら

デモは苦手

どのようなシュプレヒコールも届き来ぬ耳にて奇妙な耳鳴りを聞く

たえまなく埃がテレビに降りつむを見ているばかり　デモは苦手だ

対案なき反対のもつ限りなくふかき疲弊を声に知るのみ

国産の青菜もとめるスーパーにそよそよ育つナショナリズムよ

住宅街にしだいに建ちゆく大型家具量販店の亜麻いろの壁

資本主義の国に生まれて資本家なる一人にさえも会わずきにけり

敗戦が終戦、占領は進駐へ。やさしく饐えて匂える言葉

まっさきに被爆街路に咲きしという夾竹桃の花が好きです

祖父の処刑すめば遺りし勲章の切れこみ深きもみじの葉っぱ

窓いっぱいのそよ風吹く日を待ちながら皺のつきたる国旗をしまう

街の出口にケヤキが一本立っている人にすなおに対えと言いて

夏雲から落ちてしまいし雷の子どものようにやわらかくいん

鴉がふえネズミもしだいに殖えてくる四囲なまぐさきコーヒーテラス

射程距離にいる

レジ袋持ちかえ仰ぐ街の空トンチャンリへとつづく青空

わたしたちに照準あわす発射台うつうつと其処に在るを知るのみ

降りてくる二月のひかり武蔵野の木々のまにまに弾飛ぶごとし

トンチャンリ荒れて寂しき里ならん東倉里発弾道ミサイル

ひと思いに大根輪切りにしたるとき切る感触はわれを酔わしむ

みんな風　名をもつ風ともたぬ風ひたすらにして吹きとおりゆく

多摩川に黄砂ふる日のトンチャンリ発射台にも砂積もりいん

丈高き樹こそふるさと武蔵野のひかりが樹々の間を洗ひいて

引き戸から窓から枝がしのび込み空き家は暗き林となりぬ

陽のささぬ廃屋好むいもうとに触れがたき芯のありて触れざり

出来なくて追いつめられてゆくさまを父に見ていまこの子に見たる

もうひらく寸前の樹の痒さなら若くなくても私には分かる

ひんやりと霧吹きつけし足首の花の香水の名は忘れたり

笑う練習

茜さす光を通し風を通しふくらんでゆく部屋のうちがわ

嫌われまいと笑う練習しておりし酒店寄贈の鏡はいずこ

占いの埒外となる齢なれば水晶玉の曇るも楽し

毛沢東語録のようなパスポート初めてなんです国を出るのが

歳を聞かれただ「はるかに」と答えつつ笑って消えてみたき宵なり

大いなる水槽めぐる館内に鮪とわれと影もたずおり

身のうちに光を通し魚を通し水族館を抜けて来たりぬ

「身中に光を通す」その比喩が比喩にならない医療機器群

一生飲む錠剤なのかと驚きてすぐに「いっしょう」の残りに気づく

日の暮れは体が青くひかるのよ家の扉の前のところで

川よりも雲ゆく速度のはやき見て持ち重りする身体ひとつ

春はカラスも

夕ぐれの薄くれないの橋上をとろけて飛べり春はカラスも

橋の上の鴉が今日はうつくしく飛ぶ喜びに満ちて飛びおり

思いのほか量感のある尻なりきある日わたしに止まりし鴉

モルタルのビルは空きビル夕焼けが西の窓から窓へわたりぬ

大鍋に一気に蟹を投げこんで山ももうもう湯気のなかなる

照らされる墓苑ほんのり山腹に浮きあがりきて町のようなり

暮れぎわというは痛くてひえびえと雪だまりいくつ乱反射する

建物の影が横切る路をゆく影から日向ひなたから春へ

古里は白い空間になるのだろう少女らの手にスマホまたたく

反射する顔のいくつも浮きたつを春めく夜半の道にはぐれぬ

感傷生活

ふと声に出してしまえば軽きかな子の行く末の末のことさえ

白山羊さんのお手紙なんぞ遙かにて制服の子が配るゆうびん

ネット社会に私は棲んでいないから君を凹ます空気を知らず

郵便の赤いバイクの子がゆけり鳩を騒がせ曲がりてゆけり

この空に父母の居るとも思えねど黄砂ふる日は砂にまみれる

大空を弓なりに切る電線がひねもす視野に揺れやまぬなり

唐突にドラッグストアで干し草の香りをさがす感傷生活

東京オリンピック、再び

とり壊す公苑に立つ門衛のかぶる帽子の昔のみどり

春の馬おとなしければ馬場に降る桜の音を聞くばかりなり

馬たちの引越し

馬たちは何処に移っていったのだろう厩舎の埃白く乾いて

曇天に色なく戦ぐさくら花ものの腐るが速くなりゆく

夜ごとに遊園地にわく錆などの分けの分からぬ悲をやり過ごす

悲には悲が嘘には嘘が救いなり六十年経てようやく分かる

圧倒的量感となり花群は大きく動く　さよならのよう

悪い種子

この風は上州生まれの祖母の息わたしが吹けば祖母も吹きくる

悪い種子揉まれ砕かれふりつもり川面に光るマイクロプラスチック

夫の検査

悪い種子見つける機器の並びいる医療センター果てまで白し

「ジェットストリーム」小さく流す病棟の静かな夜の端っこに居る

夫とわたし玉手箱の煙《けむ》を吸ったのね夏夜の雪のまぶしき浜辺

戸を開けると西陽がいきなりわれを呑むあらゆるものはみんないきなり

水平につねに動いている羽のアキアカネらの透明な群れ

薄き汚れ照り出されたる猫たちの耳耳耳にひそむ妖怪

ポケモンが林にどっさり居るといい孔雀のような人ら彷徨う

窪み

右へ流れて列車の窓が去りしのち動きだしたりこちらの窓は

あかあかと入江かがやく天草の窪みくぼみに信徒隠れき

天草はタコでしょと蛸の姿煮の大皿さしだすおばさんの力

この人の半生がもう身に沁みるしきりに蠅を手に払いいいて

廃屋のレストランいくつ切り岸を高速バスはただ過ぎゆけり

地底から湧くように降る霧雨に一つの町が溶けてゆきたり

半島がつよく迫りて来るような白い木槿の花が咲いている

かなぶんぶん

ふようの花白くぼんやりひらくから父母の忌日も忘れはてたり

こんな儚い僅かな土地にこだわりて夏にはいつも咲かせしダリア

晩夏まで真っ赤な花を咲かせつぐ母の心理を思いみざりき

寂しさはかなぶんぶんの鉄臭さしばらく居間に飛びておりしが

何もかも寿命よ寿命　大切な思い出にさえ限りはありぬ

医療センターの庭に飛びから群れありて透きとおりつつ複眼を見す

半分の人は病室に居たのですね明るい街では気がつかなくて

配達を終えし子と来る宵々のすぐそこに君ら長く病みおり

かなぶんぶんかなぶんぶんと鉄臭いひびきの呪文唱えつづける

暗い夜かなぶんぶんと繰り返すぶんのところに力を入れて

全道をしずかに真陽の照りかえし遠ざかりゆくかんかん帽子

朝顔のぼわんとひらく青さかなおとなしき神に父らはなりぬ

向こうまで湖底の透けて見える壜　すみれの青さ　ふるさとの水

桐の木はまだあるのだろう　夕靄の奥がしだいに見えなくなりぬ

夕ぐれのひたひた満ちて来る部屋に藪のようなる暗がりがある

見おろす欅

「一期は夢」と思い切るにはあまりにも懐かしく立つ太き欅は
目を閉じてみても止まらぬ時間とか心臓の音とか忘れて暮らす

柔らかにただひっそりと発芽する繊き植物に囲まれており

言葉もて君を縁取りゆくうちに黄菊の花がひんやり固し

俺のことを書くなと息子は怒るだろうこんな小さな詩型にさえも

ほんとうに出会えし人は僅かにてその中の雪のラスコーリニコフ

さわさわとものいう欅うなだれる親子のうえに光こぼしぬ

こんもりと明かりを灯すバーガーの店を見下ろす昔のけやき

大き月の真下に灯るバーガー店子が入りゆけばこんもりとする

総身に金の葉っぱを巻きつける銀杏よ君はまるで花火だ

かつて欅の立ちし土地なり船のごとき家具量販店は出来あがりたり

*

ほれぼれと川の面を染めてゆく夕日がこの世を忘れがたくす

あとがき

二〇一一年から一七年半ばまでの歌を、ようやくまとめた終えた。私の六十代の作品にあたる。この間に、多くの人々に出会えたし、短歌に係わる旅に加わり、さまざまな地に行くこともできた。豊かで開放的な歳月を過ごせたと思っている。だが同時に、未曾有の大震災に遭遇して、根底から揺るがされる日々でもあった。その後に、義母につづく母の死、友人たちの死と別れ、そうして、家族の病苦などに見舞われた。誰もが通ることとはいえ、忘れがたい悲しみに浸されている。

少女のころ、どこか遠い彼方から降ってくる、つよい光線のような言葉を待ちつづけていた。待ちつづけるうちに、あまりにも長い歳月が経ってしまったのだろう。

いつのまにか、眼鏡のレンズに薄くて細い傷がついている。短歌を作るとき、私が掛けている眼鏡である。ほの暗いところでは気がつかないが、明るい碧空のもとに出ると、視界に小さな傷が浮きでてくる。ただ時の過ぎていくだけで、知らないうちに付いてしまう細い細い傷。このたび読み返してみた私の歌は、そのようなものであったのかもしれない。

平成三十年、来年の春には新たな元号の年になる。一つの区切りとして、歌集を出版できることを喜びとしたい。シリーズにお誘いくださった田村雅之氏に感謝するとともに、装丁を手掛けてくださった倉本修氏に御礼申し上げます。

二〇一八年七月

佐伯裕子

感傷生活　佐伯裕子歌集

二〇一八年九月一三日初版発行

著　者　佐伯裕子
東京都世田谷区瀬田五―三四―一〇―二〇二（〒一五八―〇〇九五）

発行者　田村雅之

発行所　砂子屋書房
東京都千代田区内神田三―四―七（〒一〇一―〇〇四七）
電話　〇三―三二五六―四七〇八　振替　〇〇一三〇―二―九七六三一
URL http://www.sunagoya.com

組　版　はあどわあく

印　刷　長野印刷商工株式会社

製　本　渋谷文泉閣